Ridiculī et Horribilēs
Deī et Deae

Ridiculī et Horribilēs Deī et Deae

A Latin Novella of Short Stories

Rachel Beth Cunning

Bombax Press

2020

ISBN-13: 979-864-7910-981

Bombax Press

Dedication

Aviae meae quae semper crēdidit mē scrīptūram esse librum (sed Anglīcē, nōn Latīnē!)

Table of Contents

Preface...i

Acknowledgements v

About Bombax Press.................................... vii

Cap. I: Iuppiter et Amalthēa 1

Cap. II: Sāturnus Evomitāns...................... 10

Cap. III: Rēgna Caelī, Maris, et Tartarī 24

Cap. IV: Superba Niobē 33

Cap. V: Mārs Amāns 46

Cap. VI: Cerēs et Sīrēnēs........................... 57

Index Verbōrum... 72

Dictionary 92

Bibliography.. 104

Preface

I teach Latin to middle school students, and I wrote a series of stories about the Roman gods and goddesses for them as part of a unit on the Olympians. I enjoyed writing all the stories, which can be found at www.bombaxpress.com. My students enjoyed these stories too, and we used them instructionally in our second semester of Intro to Latin (our middle school equivalent to Latin I).

When I was thinking about what I wanted to write after I had finished *Dominī Sēcrētum*, I kept coming back to the joy of writing and reading these silly and/or vengeful stories about the gods with my students. (They were so invested in what happened!) So, I decided to write a collection of short stories.

These stories can be used instructionally or as part of a Free Voluntary Reading program. In addition, they are excellent supplements to the short stories that I have shared on the website. *Sāturnus Ēvomitāns*, for

i

example, is an excellent companion piece to *Sāturnus et Rhēa*, which is available online. The stories range in length from about 500 to 1,100 words, excluding captions. Some of the stories are related to each other and build sequentially, but some do not.

I was very conscientious about which myths I chose to retell and include in this story. Short of some serious vengeance issues, these retold myths do not contain any problematic or sensitive content often found in more common myth retellings. However, by being selective about which myths I have retold, it may feel like there is a rather obvious gap in content between *Mārs Amāns* and *Cerēs et Sīrēnēs*. This was intentional on my part.

About the Vocabulary

This novella is intended for use in the Latin I or Latin II classroom. The level of use depends on whether students are reading independently or learning the stories in class. The vocabulary used is incredibly similar to the vocabulary used in the stories I wrote for instructional use for my own middle school students. I tried to focus on high-frequency vocabulary common to Latin I programs that use comprehensible input.

Each short story also has some of its own more domain-specific vocabulary. For example, in the short story *Iuppiter et Amalthēa*, the words *capra*, *beē*, *bālat*, and *lac* appear with regularity, but they do not appear elsewhere in the novella. Similarly, in *Superba Niobē*, the words *arcus* et *sagitta* appear frequently (along with several cardinal and ordinal numbers), but they do not appear elsewhere in the novella.

Due to the nature of the short-story genre and the need for specific and relevant vocabulary to make the stories compelling, this novella does contain more words than traditionally found in a Latin I or Latin II novella. At the same time, the use of high-frequency vocabulary, supplemental images, glosses, and clear cognates does make this novella more comprehensible for this level of reader.

I did write this novella with the goal of limiting vocabulary to further students' ability to read and comprehend the story independently. I made extensive use of both *Dickinson College Commentaries' Core Vocabulary* as well as *Essential Latin Vocabulary*. I aimed to have as many words as practicable appear in these two lexical resources to ensure that students who are reading this novella are being exposed to high-frequency words in Latin literature. Although not all words appear in these two resources, I did make careful decisions about which vocabulary to include or excise based on these lists, and I chose between synonyms based on which word occurs more often in Latin literature.

This novella contains 237 total words. Of those words, 24 are proper nouns like Jupiter, Juno, Niobe, and Mount Olympus. You have to have a lot of names in a book about the gods! In addition, I glossed 38 words that might be unfamiliar to students or used infrequently but were relevant for making the stories engaging. I also carefully identified and used 21 cognates like *stomachus* and *mortālis*. With proper names, glossed words, and clear cognates removed, students need a working vocabulary of 154 words to read this novella. In addition, these short stories use several cardinal and ordinal numbers (Niobe has 14 children after all). Some other words are used infrequently, like *aqua*, but otherwise are commonly found in introductory Latin sequences.

About the Images

Much of the artwork included in this novella is in the public domain in both the United States and the country of origin. If you are interested in learning more about any of the images used in this book, please consult the bibliography to locate additional information about the artwork.

Beyond the interior artwork, I used AnimadDesign's Ancient Greek Gods clipart, which is available on Etsy, to make the cover art and to add for interior artwork as well. (I am grateful that a commercial license was available!). I used this clipart on a public domain image by Rene Rauschenberger on Pixabay. I remain grateful to my neighbor and friend Linda Renaud of www.lindarenaud.net for her time that she spent photoshopping and adjusting this cover art for me. I couldn't ask for a better neighbor or a more lovely neighborhood than my own mountain community.

Acknowledgements

I am grateful to the enthusiasm of my students who giggled over *Sella Magica Vulcānī* or who argued over whether Actaeon deserved his fate in *Diāna et Actaeon* (both of which are available online). Their enthusiasm and interest led to the creation of this novella of short stories. When I write novellas, I am writing for the enjoyment of my own students and other students too! If you are studying Latin, I hope you enjoy what I write!

I remain grateful to my friends and fellow Latin teachers who voluntarily (and without much reward) spend their time evaluating, editing, critiquing, and offering their suggestions to improve the Latinity, the plot, and the comprehensibility of the writing. My husband—who does not like editing!—still reads and comments on everything I've written. He had a particularly funny suggestion to add to one of the story's plots. My friend Arianne Belzer-Carroll, who has taught me so much and pushes me hard to learn and to improve, is a thorough editor. My colleague Tim Smith offers useful suggestions on wording (and is a great coworker to boot!). Will Sharp remains the champion of all absent or errant macrons. He's always eager to delve into lexical research, and his insight as a fellow middle school teacher is much appreciated.

Finally, this book is dedicated to my grandmother who oohs and ahhs over the novellas I show her and reads the back of them with genuine and real interest. She cannot read a word of Latin, but her joy and pride at seeing a book that I've written fills me with the same. She told me she always knew I'd write a book... but she never imagined that I'd write one in Latin. We live in trying and difficult times. Find your moments of joy and embrace them.

About Bombax Press

Bombax Press publishes engaging Latin novellas for students at different levels in their Latin coursework. All stories are set within the Roman world or within its mythology. Teachers can use these novellas instructionally to supplement an established curriculum or as part of a Free Voluntary Reading program. Latin students or others who have studied the language may also enjoy these novellas for independent reading outside the classroom. These Latin novellas follow the principle of sheltering the vocabulary, but not the grammar. For more information, please also visit my website, www.bombaxpress.com.

If you wish to reach me, you may reach me via email at rachel.b.cunning@bombaxpress.com.

Available Titles

Cupido et Psyche: A Latin Novella

Level: Latin III/IV
Total Word Count: 8,800
Total Unique Words: 350
Working Vocabulary: 253

Īra Veneris: A Latin Novella

Level: Latin III/IV
Total Word Count: 11,000
Total Unique Words: 334
Working Vocabulary: 250

Mēdēa et Peregrīnus Pulcherrimus: A Latin Novella

Level: Latin III
Total Word Count: 7,500
Total Unique Words: 237
Working Vocabulary: 160

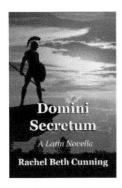

Dominī Sēcrētum: A Latin Novella

Level: Latin II/III
Total Word Count: 8,000
Total Unique Words: 222
Working Vocabulary: 136

Ridiculī et Horribilēs Deī et Deae

Level: Latin I/II
Total Word Count: 4,900
Total Unique Words: 237
Working Vocabulary: 154

Forthcoming in 2020/2021

Pēgasus et Bellerophōn
Mostellāria

Capitulum I: Iuppiter et Amalthēa

Sāturnus est rēx deōrum, et Rhēa coniūnx Sāturnī est. Sāturnus et Rhēa habent multōs īnfantēs: Vestam, Cererem, Iūnōnem, Plutōnem, Neptūnum, et **Iovem**.[1] Sāturnus nōn vult eōs esse rēgēs. Sāturnus vult esse rēx! Sāturnus timet eōs. Quā dē causā, Sāturnus omnēs īnfantēs comedit!

Sāturnus, autem, Iovem non comedit. Sāturnus Iovem nōn comedit quia Rhēa dat Sāturnō saxum! Rhea clāmat, "Ecce, est īnfans

---

[1] Jupiter

meus Iuppiter!" Sāturnus Iovem capit et comedit... sed saxum comedit!

Rhea dat saxum, nōn īnfantem Iovem, Sāturnō. Quā dē causā, Sāturnus comedit saxum, nōn Iovem (Bouchardon).

2

Quid Rhēa iam agit? Sāturnus vult esse rēx (et quā dē causā comēdit īnfantēs quia ūnus īnfāns **erit**[2] rēx). Sāturnus nōn vult fīlium esse rēgem. Sāturnus vult esse rēx! Īnfāns Iuppiter nōn dēbet habitāre cum Rhēā quia Sāturnus vult comedere eum.

Quā dē causā, Rhēa it ad īnsulam, nōmine Crētam, cum Iove. Amalthēa est **capra**[3] quae in īnsulā habitat. Rhēa et Amalthēa sunt amīcae. Amalthēa est bona capra et amīca.

Amalthēa est capra quae in Crētā habitat (Clker-Free-Vector-Images).

"Amalthēa, Amalthēa!" Rhēa clāmat.

Amalthēa capra ad Rhēam it.

---

[2] Will be
[3] Goat

3

"**Beē**,"⁴ Amalthēa capra **bālat**.⁵

"Ecce, Amalthēa, ego habeō īnfantem. Ego nōn possum habitāre cum īnfante quia coniūnx meus vult comedere eum! Necesse est tibi habēre īnfantem meum!" Rhēa clāmat.

"Beē," bālat Amalthēa capra.

"AIEEĒ!" Iuppiter clāmat.

"Ō, mī īnfāns, mī Iuppiter, tē amō! Māter tē amat, sed necesse est mihi īre ad coniugem meum. Tū nōn es rēx, sed ōlim tū **eris**⁶ rēx! Tū es deus, et tū **eris** rēx deōrum et deārum! Tu iam es īnfāns," Rhēa clāmat.

"Aieeē!" Iuppiter clāmat.

"Ō, Amalthēa, Iuppiter vult bibere **lac**.⁷ Dā lac Iovī!" Rhēa clāmat.

Rhēa flet, et it ab īnsulā Crētā et īnfante.

---

4 Baa, the sound a goat makes
5 Bleats
6 You will be
7 Milk

"Beē," bālat capra Amalthēa.

"Aieeē!" Iuppiter clāmat.

Amalthēa it ad Iovem quī flet et flet et flet. Iuppiter vult bibere lac. Subitō, Iuppiter videt capram et capit capram. Iuppiter vult bibere lac! Iuppiter īrātus est quia nōn habet lac. Iuppiter capit cornū Amalthēae. Iuppiter est fortis! Iuppiter cornū Amalthēae **frangit**![8]

Haec capra habet duo cornua, sed Amalthēa habet ūnum cornū (Clker-Free-Vector-Images).

"*BEĒ!*" Amalthēa capra īrāta bālat et ab īnfante celeriter it. Amalthēa iam habet ūnum cornū! Hic īnfāns stultus est! Amalthēa nōn vult dare lac īnfantī stultō!

"Ego volō bibere lac! Ego volō mātrem meam!" Iuppiter clāmat.

---

[8] Breaks

Amalthēa audit Iovem. Amalthēa nōn est īrāta. Iuppiter est īnfāns. Iuppiter nōn cum mātre habitat. Pater Iovis vult comedere eum. Iuppiter nōn est stultus, sed trīstis. Iuppiter nōn habet matrem et patrem, et nōn habet cibum.

Amalthēa it ad Iovem.

"Beē!" bālat Amalthēa capra.

Iuppiter capram videt et **pōnit**[9] cornū in capite Amalthēae. Cornū ad terram **cadit**.[10]

"Vah," Iuppiter clāmat et flet quia tristis est.

"Beē," bālat Amalthēa capra.

Subitō, Iuppiter **intelligit**.[11] Amalthēa capra habet lac! Iuppiter potest bibere lac Amalthēae! Iuppiter bibit et bibit et bibit.

Iuppiter bibit lac Amalthēae (Bonasone).

---

[9] Puts
[10] Falls
[11] Understands

6

Iuppiter bibit multum lac! Iuppiter nōn flet et nōn clāmat. Iuppiter laetus est! Iuppiter nōn iam bibit, et rīdet Amalthēam. Iuppiter laetissimus est.

Subitō, Iuppiter et Amalthēa cornū in terrā spectant. Cornū multum cibum habet!

"Ecce, est multus cibus in cornū! Est cornūcōpia!" Iuppiter laetē clāmat.

Ecce, est cornūcōpia Clker-Free-Vector-Images).

"Beē!" Amalthēa capra quoque laetē bālat.

Iuppiter in īnsulā cum Amalthēā **multōs annōs**[12] habitat. Iuppiter semper cibum habet quia cornūcōpiam habet! Potest bibere lac Amalthēae.

Amalthēa et Iuppiter laetī sunt, sed Amalthēa est mortālis capra, nōn immortālis dea. Ōlim,

---

[12] For many years

Amalthēa mortua est, et Iuppiter flet et flet et flet.

"Tē amō, Amalthēa!"

Amalthēa capra nōn bālat. Iuppiter est **sōlus**[13] in īnsulā. Iuppiter iam fortis īnfāns nōn est, sed fortis deus. Iuppiter Amalthēam capram in caelō **pōnit**.[14] In caelō, vōs potestis vidēre Amalthēam (et capra habet cornua!) in Capricornō.

Iuppiter iam ad mātrem Rhēam it quia Iuppiter vult esse rēx. Sāturnus est pater pessimus, et Rhēa bona mater est. Iuppiter **erit**[15] rēx deōrum et deārum.

---

[13] Alone
[14] Puts
[15] Will be

Amalthēa in caelō duo cornua habet. Amalthēa est carpricornus (13smok).

Capitulum II: Sāturnus Ēvomitāns

Iuppiter nōn iam est īnfāns, sed deus (Pencz).

Iuppiter nōn iam est fortis īnfāns, sed fortis deus. Pater Iovis est Sāturnus, et Sāturnus comēdit omnēs frātrēs et sorōrēs Iovis. Frātrēs et sorōrēs Iovis sunt in stomachō Sāturnō. Iuppiter vult vidēre sorōrēs, quae sunt Iūnō, Cerēs, et Vesta, et frātrēs, quī sunt Plūtō et Neptūnus. Pater Iovis est pessimus!

Iuppiter it ad mātrem, quae est Rhēa.

"Māter, ego iam sum deus, et ego possum **vincere**[16] patrem meum!" Iuppiter clāmat.

Sāturnus comēdit omnēs frātrēs et sorōrēs Iovis (Matham).

"Ō, mī fīlī! Tē amō! Tū es deus optimus! Tū certē potes vincere patrem tuum! Tū dēbēs esse rēx deōrum et deārum!" Rhēa clāmat.

"Sed sorōrēs meae et frātrēs meī sunt in stomachō Sāturnō. Quid ego dēbeō agere?" Iuppiter rogat.

"Em, ego habeō pōtiōnem magicam. Ego nōn possum dare pōtiōnem Sāturnō, sed tū potes dare pōtiōnem patrī," Rhēa dīcit.

"Quid pōtiō magica agit?" Iuppiter rogat.

---

[16] To conquer

11

"**Sī**[17] Sāturnus bibit pōtiōnem, Sāturnus ēvomitat omnēs tuās sorōrēs et tuōs frātrēs ē stomachō," Rhēa respondet.

"Sed quōmodo ego dabō pōtiōnem magicam patrī meō?" Iuppiter rogat.

Est pōculum in quō est pōtiō magica (OpenClipart-Vectors).

"Em, tū potes esse **minister**[18] Sāturnī. Ministrī dant **pōcula**[19] in quibus sunt vīnum et aqua. Ōlim, Sāturnus interfēcit ūnum ministrum quia minister dedit vīnum malum. Necesse est Sāturnō iam habēre ministrum. Tū dēbēs esse minister Sāturnī et dare pōtiōnem magicam Sāturnō!" Rhēa dīcit.

Iuppiter nōn vult esse *minister*. Iuppiter est deus, et potest agere multa. Minister nōn est deus! Minister nōn potest agere multa.

---

[17] If
[18] Waiter, servant
[19] Cups

Esse minister est pessimum! Iuppiter, autem, scit hoc **cōnsilium**[20] esse bonum.

"Vah, ego **erō**[21] minister Sāturnī," Iuppiter dīcit.

"Bene, **ego faciam**[22] pōtiōnem magicam, et tū dēbēs īre ad Sāturnum," Rhēa dīcit.

Rhēa celeriter **facit**[23] pōtiōnem magicam. Rhēa dat pōtiōnem magicam Iovī, et Iuppiter iam est minister Sāturnī.

Frātrēs et sorōrēs Iovis in stomachō Saturnō sunt (Bella).

Rhēa, Sāturnus, et Iuppiter domī sunt. Vesta, Cerēs, Iūnō, Plūtō, et Neptūnus in stomachō Sāturnō sunt!

Sāturnus vult comedere cibum optimum et bibere

---

[20] Plan
[21] I will be
[22] I will make
[23] Makes

vīnum bonum, sed Iuppiter nōn habet vīnum. Iuppiter habet pōtiōnem magicam.

"Minister, venī et fer vīnum bonum!" Sāturnus clāmat.

Iuppiter rīdet et it ad Sāturnum. Rhēa vult vidēre filiās et filiōs, quōs Sāturnus comēdit. Rhēa quoque rīdet. Iuppiter dat **pōculum**,[24] in quō est pōtiō magica, Sāturnō. Sāturnus celeriter bibit pōtiōnem magicam.

In pōculō, nōn est vīnum, sed pōtiō magica! (OpenClipart-Vectors).

Subitō, Sāturnus male sē habet. Sāturnus est **aeger**![25] Sāturnus vult ēvomitāre!

"Quid **tū dedistī**[26] mihi? Nōn erat vīnum! Nōn erat aqua! Tū es minister pessimus!" Sāturnus clāmat.

---

[24] Cup
[25] Sick
[26] Did you give

"Nōn erat vīnum, et certē nōn erat aqua. Erat pōtiō magica!" Iuppiter clāmat.

Sāturnus spectat Rhēam. Sāturnus scit Rhēam **posse facere**[27] pōtiōnem magicam.

"Quid **tū fēcistī?**"[28] Sāturnus rogat.

"**Ego fēcī**[29] potiōnem magicam. Ego volō vidēre filiās meās et filiōs meōs," Rhēa respondet.

"Vah, quid est hoc?! Quis es tū?" Sāturnus rogat Iovem.

"Ego sum filius tuus. Nōmen mihi est Iuppiter, et ego **vincam**[30] tē!" Iuppiter clāmat.

"Vae mihi stomachō!" Sāturnus clāmat.

Subitō, Sāturnus ēvomitat ē stomachō Neptūnum. Neptūnus nōn iam est īnfāns, sed est

---

[27] Is able to make
[28] Did you make
[29] I made
[30] I will conquer

deus! Neptūnus est deus **maris!**[31] Neptūnus
īrātus est et pulsat Sāturnum.

Neptūnus nōn iam īnfāns est, sed deus maris est
(Keyser).

"Tū es pessimus pater!" Neptūnus clāmat.

"Ō, mī fīlī, tē amō!" Rhēa clāmat.

Sāturnus iam timet quia Neptūnus et Iuppiter
volunt vincere eum.

"Vae mihi stomachō!" Sāturnus clāmat.

Subitō, Sāturnus ēvomitat ē stomachō
Plūtōnem. Plūtō quoque nōn iam est īnfāns, sed

---

[31] Of the sea

est deus **Tartarī**.[32] Plūtō quoque pulsat Sāturnum quia īrātus est.

Plūtō īrātus est quia Sāturnus eum comēdit (Picart).

Rhēa flet quia videt filiōs et laeta est.

"Tū dēbēs esse in Tartarō quia ego sum deus Tartarī! **Nōs vincēmus**[33] tē!" Plūtō clāmat et it ad frātrēs Neptūnum et Iovem.

---

[32] Of the underworld
[33] We will conquer

Sāturnus timet fīliōs quia nōn vult īre ad Tartarum. Sāturnus vult esse rēx! Sāturnus nōn vult fīliōs vincere eum. Sed...

"Vae mihi stomachō!" Sāturnus clāmat.

Subitō, Sāturnus ēvomitat Iūnōnem. Iūnō est dea **mātrimōniī**.[34] Iuppiter spectat Iūnōnem et putat Iūnōnem esse pulcherrimam.

Iuppiter putat sorōrem Iūnōnem esse pulcherrimam (Bella).

---

[34] Of marriage

18

Ridiculī et Horribilēs Deī et Deae

"Ō, mea fīlia tertia, tē amō!" Rhēa clāmat.

"Ō, salvē, mea soror pulcherrima, tē quoque amō," Iuppiter dīcit.

"Vah, quid est hoc!? Tū es stultus et frāter meus! **Fufae!**[35] Nōs dēbēmus vincere Sāturnum," Iūnō clāmat.

Sāturnus pessimē sē habet quia **aeger**[36] est. Sāturnus timet quia fīlia Iūnō est īrātissima. Sāturnus quoque timet quia ēvomitāvit trēs fīliōs.[37] Quid dēbet agere? Sāturnus nōn vult **vincī**.[38] Sāturnus vult vincere et interficere fīliōs et fīliam.

Sed Sāturnus nōn potest agere multum quia, subitō, Sāturnus ēvomitat Cererem! Cerēs est dea **frūmentī**,[39] et est secunda fīlia Rhēae.

"Ō, mea fīlia secunda, tē amō!" Rhēa clāmat.

---

35 Yuck
36 Sick
37 Fīliōs here includes both fīliam and fīliōs. In a mixed group of genders, Latin defaults to the masculine. In English, it's like how we can say "you guys" when we are referring to a group of women and men.
38 To be conquered
39 Of grin

Cerēs īrāta est quia putat Rhēam esse mātrem malam (Bloemaert).

Cerēs nōn amat mātrem. Cerēs īrāta est. Cerēs pulsat Rhēam et clāmat, "**Ego essem melior māter quam tū!**"[40]

Rhēa flet et flet.

"Soror, nōs dēbēmus pulsāre patrem, nōn mātrem!" Neptūnus clāmat.

"Ubi est Vesta? *Sāturne,* ēvomitā Vestam! Tū īs ad Tartarum mēcum!" Plūtō, quī est deus Tartarī, clāmat.

Sāturnus vult pulsāre fīliōs et fīliās, sed nōn potest pulsāre eōs. Sāturnus est **aeger**![41] Sāturnus scit Vestam esse prīmam fīliam quam

---

40 I would be a better mother than you!
41 Sick

comēdit... et subitō, Sāturnus ēvomitat Vestam ē stomachō.

"Ego laeta sum quia ego nōn iam sum in stomachō patrī! Pater comēdit mē prīmum, et ēvomitāvit mē **ultimum**,"[42] clāmat Vesta.

Rhēa flet quia omnēs fīliī et fīliae nōn iam sunt in stomachō coniugī. Sunt deī et deae! Rhēa laeta est (**etiamsī**[43] Cerēs īrātissima est).

Sāturnus Vestam ēvomitāvit (Mellan)

Sāturnus nōn laetus est, sed timet trēs fīliōs et trēs fīliās. Subitō, Sāturnus male sē habet et clāmat, "Vae mihi stomāchō!"

Sāturnus ēvomitat saxum... quod est saxum.

---

[42] Last
[43] Even if

Omnēs fīliae spectant saxum, et omnēs fīliī spectant saxum. Sāturnus spectat saxum et spectat Rhēam. Rhēa fīliōs et fīliās spectat. Omnēs frātrēs et sorōrēs Iovis rīdent.

"Pater, iam **nōs vincēmus**[44] tē. **Sī**[45] vīs pugnāre, potes pugnāre... sed nōs vincēmus tē. Tū dēbēs nōn pugnāre! Tū dēbēs īre ad Tartarum cum Plūtōne. Ego iam sum rēx deōrum et deārum!" Iuppiter clāmat.

---

[44] We will conquer
[45] If

Iuppiter iam est rēx deōrum et deārum
(Goltzius).

Capitulum III: Rēgna Caelī, Maris, et Tartarī

Frātrēs Neptūnus, Plūtō, et Iuppiter in Monte Olympō sunt. Sorōrēs Venus, Cerēs, et Vesta quoque in Monte Olympō sunt. Ubi est pater Sāturnus? Sāturnus nōn est in Monte Olympō, sed in Tartarō.

"Paterne tē dēlectat, Plūtō? Habitat tēcum!" Iūnō rīdet.

"Ego certē habitō in Tartarō, sed pater nōn habitat mēcum domī meae. Domus mea optima est, et pater pessimus est," Plūtō respondet.

Plūtō in Tartarō habitat, sed nōn cum patre Sāturnō habitat (Picart).

"Nōlī rīdēre Plūtōnem, Iūnō. **Nōs vīcimus**[46] patrem in bellō. Quid iam agimus? Quis est rēx?" Vesta rogat.

"Ego sum rēx. Māter mea dīxit mē esse rēgem deōrum et deārum," Iuppiter celeriter dīcit.

---

[46] We conquered

Neptūnus Plūtōnem spectat, et Plūtō Neptūnum spectat.

"Tū certē es rēx deōrum et deārum, sed nōs quoque volumus esse rēgēs," Plūtō et Neptūnus dīcunt.

"Hahahae, nōs nōn possumus habēre trēs rēgēs," Iūnō rīdet.

Rhēa dīxit Iovem esse rēgem deōrum et deārum (Pencz).

"Cūr nōn possumus habēre trēs rēgēs? Habēmus trēs deōs," Neptūnus rogat.

"Nōs nōn habēmus tria **rēgna**.[47] Nōs habēmus Montem Olympum et ūnum **mundum**,"[48] Iūnō respondet.

---

47 Kingdoms
48 World

"Ego nōlō esse rēgīna," Cerēs celeriter dīcit. "Ego sum laeta quia ego sum dea **frūmentī**."[49]

"Ego quoque nōlō esse rēgīna quia ego sum dea **focī**,"[50] Vesta dīcit.

Iūnō nōn respondet, sed Iūnō certē vult esse rēgīna.

"Nōs dēbēmus dīvidere omnia rēgna **sorte**,"[51] Cerēs dīcit.

Vesta nōn vult esse rēgīna quia est dea focī (Mellan).

"Sed quid sunt rēgna?" Iuppiter rogat.

"Ego putō rēgna esse caelum, mare, et Tartarum," Neptūnus dīcit.

"**Tēcum stō**,"[52] Plūtō dīcit.

---

[49] Grain
[50] Hearth
[51] By lot; drawing lots is a lot like picking the short straw and is a game of chance.
[52] I agree with you

"Sed quid dē terrā? Estne rēgnum?" Cerēs rogat.

"Vah, terra nōn est rēgnum! **Cum Neptūnō stō**,"[53] Iuppiter dīcit.

"Bene, rēgna sunt caelum, mare, et Tartarus," Iūnō dīcit.

"Certē! **Sortēs**[54] dant rēgna," Vesta dīcit.

Cerēs putat terram esse rēgnum (Bloemaert).

Cerēs rogat, "Cur sortēs dant rēgna? Neptūnus est deus maris, Iuppiter deus caelī est, et Plutō deus Tartarī est. Neptūnus dēbet esse deus maris. Iuppiter dēbet esse deus caelī, et Plutō debet esse deus Tartarī."

"Deus caelī nōn est *rēx* caelī," Iūnō dīcit.

"Vah! Fortūna bona est. Sortēs dant regna, et **ego erō**[55] deus *et* rēx caelī," Iuppiter respondet.

---

53 I agree with Neptune
54 The lots
55 I will be

Vesta scrībit *"caelum"* in saxō, et Iūnō scrībit *"mare"* in saxō, et Cerēs scrībit *"Tartarus"* in saxō. Trēs deae saxa in terrā **ūnā pōnunt**.[56]

"Quis capit prīmum saxum?" Vesta rogat.

"Ego capiō prīmum saxum quia ego sum rēx deōrum et deārum!" Iuppiter celeriter clāmat.

"Vah, nōs scīmus hoc," Vesta dīcit, sed Iuppiter nōn audit eam.

Iuppiter capit prīmum saxum et legit saxum, "Caelum!"

"**Sors**[57] dat tibi caelum!" Trēs deae clāmant.

"Ego laetus sum quia ego volō esse rēx caelī! Rēgnum meum **sorte**[58] est caelum!" Iuppiter clāmat.

Iuppiter est deus caelī *et* rēx caelī (Pencz).

---

56 They put together
57 The lot
58 By lot

"Ego capiō secundum saxum!" Neptūnus clāmat.

Neptūnus capit saxum secundum et legit saxum, "Mare!"

"**Sors**[59] dat tibi mare!" Trēs deae clāmant.

"Ego laetus sum quia ego volō esse rēx maris! Rēgnum meum **sorte**[60] est mare!" Neptūnus clāmat.

Neptūnus est deus maris *et* rēx maris (Keyser).

Plūtō capit tertium saxum et legit saxum, "Tartarus! Ego quoque laetus sum quia ego

---

[59] The lot
[60] By lot

habitō in Tartarō. Ego dēbeō esse rēx Tartarī, et ego iam sum deus et rēx Tartarī **sorte**."[61]

Plūtō iam est deus Tartarī (ubi habitat) *et* rex Tartarī (Picart).

"Ego laeta sum quia vōs estis laetī," Cerēs dīcit. Cerēs vult dīcere "*et quia ego bene dīxī*," sed nōn dīcit hoc.

"**Tēcum stō**, [62] Cerēs," Vesta dīcit.

---

[61] By lot
[62] I agree with you

Iūnō nōn laeta est. Iūnō vult esse rēgīna. Iūnō est dea **mātrimōniī**,[63] sed nōn est rēgīna.

Iuppiter rīdet laetē Iūnōnem quia Iuppiter amat Iūnōnem. Iūnō cogitat, "*Fufae!*"[64] sed nōn dīcit, "*Fufae!*" Iūnō vult esse rēgīna. Iūnō rīdet Iovem quī est rēx caelī *et* nōn habet

Iūnō vult esse rēgīna et rīdet Iovem (sed, fufae, Iuppiter est frāter Iūnōnis!) (Bella).

coniugem. Iūnō potest esse rēgīna.

Omnēs deī et deae, **praeter**[65] Iūnōnem, laetī sunt quia Iuppiter est deus et rēx caelī, Neptūnus est deus et rēx maris, et Plūtō est deus et rēx Tartarī. **Sortēs**[66] dant optima rēgna deīs Iovī, Neptūnō, et Plūtōnī!

---

63 Of marriage
64 Yuck
65 Except for
66 The lots

Capitulum IV: Superba Niobē

Niobē est rēgīna quae habet septem fīliōs et septem fīliās. Niobē est **superba**[67] quia habet *quattuordecim* fīliōs![68] Niobē putat sē esse mātrem bonam! Niobē putat sē esse mātrem optimam. Niobē putat sē esse mātrem **meliōrem quam**[69] omnēs fēminās et deās!

Rēgīna Niobē videt multōs virōs et multās fēminās. Virī et fēminae eunt ad templum Lātōnae, quae est māter Apollinis et Diānae. Niobē īrāta est quia virī et fēminae volunt dare pecūniam Lātōnae! Volunt dare dōna Lātōnae

---

[67] Proud
[68] Fīliōs here includes both fīliās and fīliōs.
[69] Better than

quia Lātōna est māter Apollinis et Diānae. Niobē habet *quattuordecim* fīliōs, sed Lātōna habet duōs fīliōs! Cūr dant dōna Lātōnae?

Niobē est rēgīna pulchra! Niobē est rēgīna īrāta! Niobē est rēgīna saeva!

Niobē est fīlia Tantalī. Tantalus est in Tartarō et nōn bibit et comedit (sed vult cibum et aquam!) (Sanuto).

Niobē clāmat, "Quid est hoc?! Cūr vōs datis dōna et pecūniam Lātōnae? Ego sum rēgīna, et ego sum fīlia Tantalī quī comēdit cibum cum deīs! Atlās est **avus**[70] meus, et Iuppiter quoque est avus! Ego sum **melior quam**[71] Lātōna quia ego habeō quattuordecim fīliōs! Lātōna nōn est māter bona; ego sum māter optima! Vōs

[70] Niobe claims divine ancestry and references famous characters in mythology, like Tantalus—who, interestingly enough, is also punished for his pride, and the titan Atlas, her grandfather (avus), who holds the world on his shoulders. Their stories aren't told in this collection.
[71] Better than

dēbētis dare dōna et pecūniam mihi quae sum rēgīna et māter quattuordecim fīliōrum! **Etiamsī**[72] Fortūna dēbeat capere ūnum fīlium et secundum fīlium, ego habēbō plūs fīliōrum quam Lātōna habet!"

Omnēs virī et fēminae timent quia Niobē est superba et saeva rēgīna. Nesciunt quid dēbeant agere. Dēbeantne dare dōna et pecūniam Niobēī? Niobē est mortālis fēmina, nōn immortālis dea. Nōn dēbent dare dōna et pecūniam mortālī fēminae! Sed Niobē est rēgīna, et est saeva...

Niobē vult habēre dōna quia putat sē esse mātrem optimam. Omnēs virī et fēminae, autem, timent (Galestruzzi).

---

[72] Even if

Lātōna audit omnia quae Niobē clāmat. Lātōna est īrātissima et saeva. Lātōna est saevior quam Niobē. Lātōna est māter Apollinis et Diānae. Pater Diānae et Apollinis est Iuppiter. Apollō est deus mūsicae et Diāna est dea **vēnātiōnis.**[73]

"Mī filiī, Apollō, venī! Mea filia, Diāna, venī! Ferte arcūs! Ferte sagittās! Venīte celeriter," Lātōna clāmat.

Subitō, Apollō et Diāna arcūs et sagittās ferunt. Cum Lātōnā sunt. Apollō et Diāna arcūs et sagittās habent.

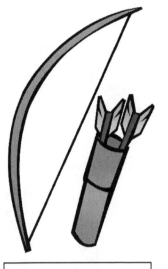

"Quid tū vīs, māter?" Diāna rogat.

Est unus arcus et duae sagittae (OpenClipart-Vectors).

"Fēmina mortālis est superba! Rēgīna dīcit sē esse mātrem **meliōrem quam**[74] mē!" Lātōna clāmat.

---

[73] Of the hunt
[74] Better than

Apollō et Diāna veniunt ad mātrem et audiunt omnia de rēgīnā superbā (Galestruzzi).

"Quid est hoc?! Tū certē est optima māter! Quis est haec *mortālis* fēmina?" Apollō īrātus rogat.

"Nōmen superbae mortālī fēminae est Niobē!" Lātōna clāmat.

"Quid tū vīs nōs agere, māter? Vīsne nōs interficere Niobēn arcibus et sagittīs?" Diāna rogat.

"**Tēcum stō**,[75] Diāna. Nōs possumus interficere eam arcibus et sagittīs!" Apollō dīcit.

"Ego nōlo vōs interficere Nioben. Ego volō vōs interficere *filiōs* et *filiās* Niobēs arcibus et sagittīs! Niobē putat sē esse mātrem optimam— **meliōrem quam**[76] mē! Quā dē causā, nōn dēbet habēre filiōs!"

Apollō et Diāna rīdent. Deus saevus et dea saeva sunt.

"Certē, māter, nōs possumus interficere filiōs et filiās!" Diāna et Apollō clāmant.

Eunt ad locum ubi Niobē habitat cum quattuordecim filiīs. Apollō videt omnēs filiōs Niobēs.

Apollō **tendit arcum**[77] et pulsat prīmum filium sagittā.

"Vae mihi!" clāmat prīmus filius.

---

[75] I agree with you
[76] Better than
[77] Draws the bow

Niobē audit fīlium, et celeriter it ad fīlium. Niobē videt sagittam, flet, et clāmat, "Quid est hoc?!"

Prīmus fīlius mortuus est. Apollō rīdet et **tendit arcum** et pulsat secundum fīlium sagittā.

Apollo tendit arcum et interficit omnēs fīliōs Niobēs multīs sagittīs (Picart).

Secundus fīlius mortuus est, et Niobē spectat duōs mortuōs fīliōs et flet.

Apollō rīdet et celeriter **tendit arcum** et pulsat tertium, quārtum, quīntum, sextum, et septimum fīlium Niobēs multīs sagittīs. Omnēs fīliī Niobēs mortuī sunt! Quid Niobē dēbet agere. Niobē flet quia fīliī mortuī sunt.

"Bene factum,[78] frāter," Diāna dīcit.

Omnēs virī et fēminae timent deōs quia fīliī Niobēs mortuī sunt. Niobē nōn timet deōs. Niobē est īrātissima et saevissima et superbissima (et stultissima!). Omnēs virī et fēminae celeriter eunt domōs quia nōlunt spectāre fīliōs mortuōs Niobēs (et quia timent deōs).

Niobē saevissima scit quid debeat agere!

"Ō saeva Lātōna! Tū es pessima! Ego sum optima māter! Tū interfēcistī meōs septem fīliōs. Ego fleō, sed ego habeō septem pulcherrimās fīliās. Quis es tū?! Tū es māter ūnīus fīliī et ūnīus fīliae! Ego sum māter **melior quam**[79] tū!" Niobē clāmat.

Septem fīliae Niobēs timent quia māter est superba et saeva et *stulta*. Mortālēs nōn dēbent dīcere sē esse **meliōrēs quam**[80] deōs et deās. Apollō interfēcit omnēs frātrēs! Septem fīliae

---

[78] Well done
[79] Better than
[80] Better than

Niobēs nōlunt **morī**[81] quia māter est superba et stulta!

Lātōna, Apollō, et Diāna īrātissimī sunt.

"Diāna, tū iam dēbēs interficere fīliās Niobēs," Apollō dīcit.

"Ego certē interficiam omnēs fīliās, et Niobē semper flēbit!" saeva Diāna clāmat.

Diāna **tendit arcum**[82] et pulsat prīmam fīliam sagittā.

> Diāna interficit prīmam fīliam arcū et sagittā (Lamsvelt).

---

[81] To die
[82] Draws the bow

"Vae mihi!" clāmat prīma fīlia.

Niobē audit fīliam et celeriter it ad fīliam. Niobē videt sagittam, flet, et clāmat, "Quid est hoc?!"

Prīma fīlia mortua est. Omnēs fīliae volunt fugere, sed **quō**[83] possunt fugere? Deī possunt vidēre omnia. Omnēs fīliae flent.

"Māter, tū es stultissima!" secunda fīlia clāmat, sed Diāna interficit eam sagittā.

"Vae, fīlia mea!" Niobē clāmat.

Niobē iam īrāta est, sed quoque Niobē est **ānxia**![84] Duae fīliae mortuae sunt! Niobē flet et flet, sed Niobē est superba.

Diāna rīdet et **tendit arcum**[85] et pulsat tertiam, quārtam, quīntam, et sextam fīliam multīs sagittīs.

---

[83] Where
[84] Anxious
[85] Draws the bow

55. Niobes liberi sagittis ab Apolline et Diana conficiuntur.

Diāna interficit omnēs filiās Niobēs arcū et sagittīs (Tempesta).

"Vae mihi!" Niobē clāmat et flet.

Septima filia quoque flet quia videt septem mortuōs frātrēs et sex mortuās sorōrēs. Septima filia **moritūra**[86] est.

"Nōlī interficere meam septimam filiam," clāmat Niobē.

---

[86] About to die

43

Niobē clāmat, "Nōlī interficere fīliam meam!" (Nijmegen).

Niobē celeriter it ad fīliam septimam et capit eam. Diāna **celerius**[87] it. Septima fīlia quoque mortua est. Diāna est saeva dea **vēnātiōnis**,[88] et Apollō est saevus deus mūsicae. Sunt saevī fīliī Lātōnae. Lātōna rīdet et laeta est. Apollō et Diāna interfēcērunt septem fīliōs et septem fīliās Niobēs.

Niobē flet et flet et flet. Quid superba et saeva et stulta rēgīna iam habet? Nōn habet fīliōs et nōn habet fīliās. Niobē spectat omnēs mortuōs fīliōs et omnēs mortuās fīliās. Apollō et Diāna interfēcērunt fīliōs et fīliās sagittīs, sed Niobē interfēcit fīliōs et fīliās quia superba erat.

Niobē flet et flet et flet quia omnes fīliī mortuī sunt. Niobē flet. Niobē nōn iam est māter et nōn iam est regīna. Niobē nōn iam est superba. Niobe

---

[87] More quickly
[88] Of the hunt

mūtat[89] in saxum. Niobē est hoc saxum, et hoc saxum semper flet.

Niobē nōn iam est rēgīna, sed saxum.
Hoc saxum semper flet (Galestruzzi).

---

[89] Changes

Capitulum V: Mārs Amāns

Mārs est fortis deus **bellī**.[90] Pugnāre in bellō Mārtem dēlectat. Mārs est fīlius Iovis et Iūnōnis. Pugnāre in bellō dēlectat Mārtem quia pater et māter semper pugnant.

Mārs, autem, amāre vult. **Etiamsī**[91] deus bellī est, Mārs amāre vult. **Etiamsī** māter et pater

Pugnāre in bellō Mārtem delectat (Lairesse).

---

[90] Of war
[91] Even if

semper pugnant, Mārs coniugem habēre vult.

Mārs trīstis est quia nōn habet coniugem. Mārs nōn vult pugnāre cum coniuge, sed vult habēre coniugem. Mārs est deus pulcher et fortis, et nōn turpis est.

Quis est optima fēmina? Quis **esset**[92] optima coniūnx? Nōn sunt multae deae quae habitant in Monte Olympō. Venus est coniūnx Vulcānī, et Vesta nōn vult habēre coniugem. Quis **esset** optima coniūnx? Mārs nescit, sed vult habēre coniugem!

Ōlim, Mārs pugnat **hastā**[93] in agrō. Subitō, deus bellī videt pulcherrimam fēminam. Haec fēmina est cum nymphīs in agrō. Fēmina capit flōrēs et rīdet. Prīma

Fēmina pulcherrima flōrēs in agrō capit (Luyken).

---

[92] Would be
[93] Witha spear

nympha **pōnit**[94] flōrēs in capite fēminae!
Fēmina est pulcherrima!

Fēmina flōrēs cum nymphīs capit, et fēmina
pulcherrima est (Meyering).

---

[94] Puts

Mārs amat fēminam, et it ad fēminam. Mārs vult hanc fēminam esse coniugem!

"Salvē, ō pulcherrima fēmina," Mārs dīcit.

"Em, salvē, Mārs," respondet fēmina.

"Scīs nōmen mihi, sed ego nesciō nōmen tibi," Mārs respondet.

"Tū dēbēs scīre nōmen mihi quia pater tuus est pater meus," fēmina rīdet.

Trēs nymphae rīdent.

"Sed nesciō nōmen tibi," Mārs respondet.

"Nōmen mihi est Proserpina. Ego sum fīlia Cereris," Proserpina respondet.

"Āh, sed ego nōn vīdī tē in Monte Olympō. Cūr tē nōn vīdī?" Mārs rogat.

"Māter mea vult dēfendere mē. Quā dē causā, ego nōn multum eō **domō**,"[95] Proserpina respondet.

Mārs nescit quid dēbeat respondēre. Mārs vult Proserpinam esse coniugem. Mārs amat Proserpinam quia est pulcherrima dea (**praeter**[96] Venerem, certē, sed Venus habet coniugem).

"Ego tē amō! Vīsne esse coniūnx mea?" Mārs rogat.

Proserpina nōn laeta est. Proserpina nōn vult habēre coniugem, et Proserpina nōn vult deum Mārtem esse coniugem! Mārs est deus bellī! Iuppiter et Iūnō semper pugnant et clāmant! Proserpina nōn vult

Proserpina nōn vult esse coniūnx Mārtis (Luyken).

---

[95] From home
[96] Except for

pugnāre et clāmāre cum coniuge. Quid Proserpina dēbet agere?!

"Em, rogā mātrem meam!" Proserpina clāmat et celeriter fugit Mārtem.

Mārs cogitat, *Prosperina vult mē īre ad mātrem.* Mārs laetus est quia putat Prosperinam amāre eum.

Mārs flōrem in agrō spectat. Flōs pulcher est. Mārs capit flōrem. Mārs spectat flōrem in manū et cogitat, *"Amat mē!"* Mārs laetissimus est.

Mārs it ad deam Cererem quae est dea frūmentī. Cerēs est in templō.

"Ō, Cerēs! Quōmodo tē habēs?" Mārs rogat.

"Bene mē habeō. Virī et fēminae dant multa dōna mihi in templō!" Cerēs respondet.

Mārs celeriter cogitat dē hōc et dīcit, "Ego quoque habeō dōna tibi." Mārs dīcit.

"Tū es deus bellī. Cūr tū habēs dōnā mihi?" Cerēs rogat.

Virī et fēminae dant multa dōna deae Cererī (Passe).

"Quia ego volō Proserpinam esse coniugem meam. Proserpina est bona dea et pulcherrima. Ego possum esse coniūnx bonus," Mārs respondet.

Cerēs īrāta est. Proserpina nōn dēbet habēre coniugem! Proserpina certē nōn dēbet habēre coniugem quī est deus bellī!

"Cūr tū dēbēs esse coniūnx filiae meae? Tū es deus bellī. Bellum tē dēlectat, sed flōrēs dēlectant Proserpinam," Cerēs respondet.

"Ecce! Prīmum dōnum est flōs!" Mārs dīcit.

Mārs dat Cererī flōrem quem cēpit in agrō.
Flōs mortuus est quia ... petala nōn sunt in flōre.
Ubi sunt petala?

Cerēs spectat flōrem mortuum **sine**[97] petalīs.
Mārs spectat flōrem mortuum **sine** petalīs.

"Ego quoque habeō optimam hastam! Ecce, hasta mea," Mārs dīcit et dēmōnstrat hastam Cererī.

Mārs hastam in manū habet et dēmōnstrat hastam Cererī (Sadeler).

Cerēs spectat hastam.

---

[97] Without

"Hahahae, cūr est hasta dōnum mihi? Ego nōlō habēre hastam. Ego sum dea frūmentī. Agrī et flōrēs et frūmenta mē dēlectant. Flōrēs dēlectant fīliam meam, sed flōs tuus est pessimus et mortuus. Esne stultus?" Cerēs respondet.

Mārs īrātus est.

"Ego sum deus *BELLĪ*, et ego possum dēfendere Proserpinam!" Mārs clāmat.

"Ego sciō hoc. Ego sum māter Proserpinae, et tū nōn **eris**[98] coniūnx fīliae meae!" Cerēs īrāta est.

"Cūr nōn?! Proserpina pulcherrima est, et ego amō fīliam tuam!" Mārs clāmat. Mārs amat Proserpinam et vult Proserpinam esse coniugem.

"Quia tū es deus bellī et quia tū clāmās et quia tū habēs pessima dōna et quia ego nōlō fīliam meam esse coniugem tuam!" Cerēs respondet.

---

[98] You will be

Mārs iam īrātissimus est. Mārs vult pugnāre cum Cerere. Deus bellī est fortis!

Cerēs clamat, "Tū nōn potes habēre omnia quae vīs! Tū certē nōn potes habēre coniugem Proserpinam. Iam, ī! Proserpina est fīlia mea, et nōn **erit**[99] coniūnx tua!"

Ceres pulsat Martem hastā (Lairesse).

Mārs spectat hastam in manū Cererī. Cerēs habet hastam et spectat Mārtem. Mārs nōn it ab templō Cereris. Quā dē causā, Cerēs pulsat Mārtem in capite hastā.

"Vae! Quid est hoc?!" Mārs clāmat.

Mārs **rubet**![100] Cerēs—*dea frūmentī*—pulsat eum hastā! Et hasta est hasta *Mārtis*! Immortālēs deī *et* mortālēs nōn dēbent scīre hoc!

---

[99] Will be
[100] Blushes

"Ī ā templō meō! Et cape hanc hastam!" Cerēs clāmat et īrāta dat hastam Mārtī.

Mārs capit hastam, et it ab templō Cereris **sine**[101] Proserpinā.

Cerēs est in templō, et Cerēs īrāta est. Deus nōn dēbet habēre Proserpinam coniugem! Mortālis quoque nōn debet habēre Proserpinam coniugem! Proserpina semper dēbet habitāre cum Cerere!

Mārs Proserpinam amat, sed Proserpina nōn est coniūnx Mārtis. Mārs nōn habet coniugem... sed secundam deam certē amābit!

Mārs amat Proserpinam, sed amābit secundam deam, Venerem (Sadeler).

---

[101] Without

Capitulum VI: Cerēs et Sīrēnēs

"Ō, Proserpina! Proserpina, ubi es?!" Cerēs flet et clāmat.

Cerēs est dea frūmentī et māter Proserpinae. Proserpina nōn est domī. Proserpina nōn est in templō. Proserpina nōn est in Monte Olympō. Proserpina nōn est in agrō ubi flōrēs sunt. Ubi est Proserpina?!

Cerēs cōgitat et cōgitat. Proserpina habet multās amīcās quae sunt nymphae. Cerēs it ad nymphās. Trēs nymphae sunt in agrō ubi flōrēs sunt. Nymphae nōn laetae sunt. Nymphae Cererem spectant, et **ānxiae**[102] sunt.

"Ō nymphae, ubi est fīlia mea? Vōs estis amīcae Proserpinae. Proserpina nōn est domī. Nōn est in templō. Nōn est in Monte Olympō! Et, ecce, Proserpina nōn est in agrō **vōbīscum**![103] Ubi est Proserpina? Vōsne scītis ubi Proserpina **sit**?"[104] Cerēs rogat.

Cerēs rogat nymphās, "Ubi est fīlia mea, Proserpina?" (Lairesse).

---

102 Anxious
103 With you (plural)
104 Is

Prīma nympha spectat secundam nympham. Tertia nympha spectat prīmam nympham. Secunda nympha spectat flōrēs. Nymphae Cererem nōn spectant.

"Em, ego nesciō ubi sit Proserpina..." prīma nympha respondet.

"Ego quoque nesciō ubi sit Proserpina!" secunda nympha celeriter clāmat.

Tertia nympha nōn respondet. Tertia nympha vult flēre quia certē scit ubi sit Proserpina. Tertia nympha, autem, nōn vult dīcere mātrī ubi sit Proserpina.

"Quid ego dēbeō agere?!" Cerēs flet et clāmat.

"Proserpina nōn est **nōbīscum**[105] in agrō. Tū dēbēs īre ad secundum locum. Proserpinane īvit ad silvam? Nescīmus," prīma nympha dīcit.

"Silva nōn dēlectat Proserpinam. Flōrēs Proserpinam dēlectant," Cerēs respondet.

---

[105] With us

Cērēs spectant omnēs flōrēs in agrō. Sunt multī flōrēs in agrō! Sunt flōrēs multīs colōribus! Flōrēs pulcherrimī sunt. Proserpina, autem, nōn est in agrō cum nymphīs et cum flōribus.

Flōrēs Proserpinam dēlēctant, sed Proserpina non est in agrō (Luyken).

"Nōs nescīmus ubi sit Proserpina. Nōs nōn vīdimus Proserpinam **multōs diēs**,"[106] secunda nympha dīcit.

"Vōs nōn vīdistis Proserpinam **multōs diēs**? Nōnne erat Proserpina vōbīscum in agrō hodiē? Proserpina dīxit mihi **sē futūram esse vōbīscum**,"[107] Cerēs dīcit.

"Nōn vīdimus Proserpinam," prīma nympha dīcit.

---

[106] For many days
[107] She would be with you (plural)

Tertia nympha nihil dīcit.

Quā dē causā, Cerēs it ab agrō. Cerēs putat sē esse optimam mātrem! Cerēs, autem, nescit ubi sit fīlia! Proserpina nōn est domī et nōn est in templō. Proserpina nōn est in Monte Olympō. Proserpina nōn est in agrō ubi flōrēs sunt. Ubi est Proserpina?!

Cerēs cōgitat et cōgitat. Mārs vult Proserpinam esse coniugem. Estne Proserpina cum Mārte deō bellī?!

Cerēs it ad Mārtem. Mārs nōn spectat Cererem, sed **rubet**,[108] quia Cerēs pulsāvit Mārtem hastā.

"Habēsne fīliam meam?!" Cerēs rogat.

"Ego nōn habeō Proserpinam! Tū dīxistī Proserpinam nōn **futūram esse**[109] coniugem meam," Mārs respondet.

---

[108] Blushes
[109] Would not be

"Quid ego dēbeō agere?! Nesciō ubi sit Proserpina! Nōn est domī. Nōn est in templō. Nōn est in Monte Olympō! Nōn est in agrō! Nōn est in silvā!" Cerēs flet et rogat.

Mārs male sē habet. Mārs amat Proserpinam, et māter Proserpinae flet. Mārs, autem, nescit ubi sit Proserpina.

"Nesciō," Mārs respondet.

"Nōnne tū vīdistī Proserpinam? Ubi erat Proserpina?" Cerēs rogat.

Mārs nescit ubi sit Proserpina (Lairesse).

"Ego vīdī Proserpinam in agrō. Proserpina cēpit multōs flōrēs in agrō," Mārs respondet.

"Erantne virī, fēminae, deī, deae, an nymphae cum Proserpinā? Eratne Proserpina **sōla**?"[110] Cerēs rogat.

---

[110] Alone

"Proserpina nōn **sōla**[111] erat quia nymphae in agrō cum filiā tuā erant," Mārs respondet.

"*QUID EST HOC*?! Quandō nymphae erant in agrō cum filiā meā?" Cerēs clāmat.

Mārs vult fugere quia Cerēs īrātissima est et ōlim pulsāvit caput hastā.

"Em, quid? Ego vīdī filiam tuam in agrō cum nymphīs hodiē," Mārs respondet.

Cerēs clāmat, "*Hodiē*?! Nymphae sunt **mendācēs!**"[112]

Cerēs celeriter it ad agrum ubi nymphae flōrēs capiunt.

"Nymphae!" Cerēs clāmat.

Nymphae timent Cererem quia Cerēs īrātissima est. Cerēs est dea, et nymphae nōn sunt deae. Prīma nympha vult fugere, sed secunda nympha capit eam et clāmat, "Nōlī

---

[111] Alone
[112] Liars

fugere **sine**[113] mē!" Prīma nympha secundam nympham pulsat.

Tertia nympha nihil agit. Tertia nympha habet flōrēs et cōgitat dē amīcā Proserpinā. Tertia nympha, autem, nihil dīcit.

Cērēs, dea frūmentī et māter Proserpinae, clāmat, "Vōs scītis ubi sit Proserpina! Ubi est fīlia mea? Dīcite mihi!"

Nymphae sciunt ubi Proserpina sit, sed nōn dicit Cererī. Cerēs īrāta est (Lairesse).

---

[113] Without

"Em..." prīma nympha dīcit.

"Em, bene...," secunda nympha dīcit.

Tertia nympha flet, sed tertia nympha nōn respondet.

"VAH! Vōs estis **mendācēs!**[114] Vōs estis amīcae pessimae! Vōs scītis dē fīliā meā, sed vōs nōn dīcitis mihi ubi sit Proserpina!" Cerēs clāmat.

Nymphae certē sunt amīcae pessimae. Nōn dīcunt mātrī Proserpinae. Sciunt ubi sit Proserpina quia vīdērunt Plūtōnem capere Proserpinam. Nymphae nōn **iuvērunt**[115] Proserpinam. Nymphae fūgērunt. Nymphae nōn dīxērunt Cererī dē Proserpinā.

Et iam, quid nymphae agunt? Nymphae flōrēs in agrō capiunt. Nymphae pessimae amīcae sunt!

"**Vōs iuvābitis**[116] mē!" Cerēs īrāta clāmat.

---

[114] Liars
[115] Did not help
[116] You (plural) will help

Subitō, nymphae clāmant et clāmant. Nymphae nōn iam habent pedēs nymphārum, sed pedēs **avium**.[117] Nymphae nōn iam habent manūs nymphārum, sed ālās **avium**! Nymphae habent capita nymphārum, sed corpora **avium** habent. Nymphae nōn iam pulcherrimae sunt, sed turpēs! Sunt mōnstra quae possunt volāre per caelum!

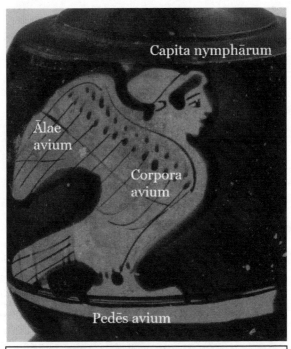

Capita nymphārum

Ālae avium

Corpora avium

Pedēs avium

> Sīrēnēs habent capita nymphārum, ālās avium, corpora avium, et pedēs avium (Seireniske Painter).

---

[117] Of birds

"Quid est hoc?! Nōs sumus mōnstra! Quid **tū ēgistī**?[118] Cūr nōs sumus mōnstra?!" Nymphae flent et clāmant et rogant.

"Vōs nōn estis mōnstra et nōn iam estis nymphae, sed sīrēnēs! Vōs iam potestis volāre per caelum. Ego volō vōs volāre et **invenīre**[119] filiam meam!" Cerēs dīcit.

Omnēs nymphae flent et nōn respondent. Nymphae nōlunt īre ab agrō ubi flōrēs sunt. Nymphae nōlunt esse turpia mōnstra quae habent pedēs, ālās, et corpora **avium**.[120] Nymphae nōlunt esse sīrēnēs.

"Vōs dēbētis īre **inventum**[121] filiam meam!" Cerēs īrāta clāmat.

"Vah, nōs iam īmus," nymphae īrātae respondent. Sīrēnēs per caelum volant.

---

[118] Did you do
[119] To find
[120] Of birds
[121]

"Et nōlīte īre ad Montem Olympum **sine**[122] fīliā meā!" Cerēs clāmat.

Cerēs per multās terrās it et cōgitat dē fīliā. Cerēs flet, et īrāta est. Nēmō scit ubi Proserpina sit. Omnēs flōrēs et frūmenta et agrī et silvae trīstēs sunt quia Cerēs īrāta et trīstis est. Proserpina nōn est in terrā, sed sub terrā in Tartarō. Cerēs, autem, nēscit ubi sit Proserpina.

Nymphae īrātae et trīstēs sunt. Nymphae nōn iam sunt nymphae et pulcherrimae, sed turpia mōnstra. Sunt sīrēnēs! Sīrēnēs flent et volant per caelum. Sīrēnēs sciunt ubi sit Proserpina, sed nōlunt īre ad locum ubi Proserpina sit.

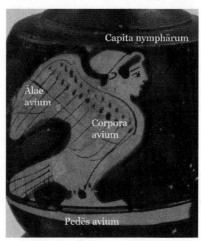

Sīrēnēs sunt mōnstra, nōn nymphae (Seireniske Painter).

Sīrēnēs volant et volant et volant. Sīrēnēs multōs locōs vident, sed nōn vident

---

[122] Without

Proserpinam. Sīrēnēs sunt īrātae quia nōn iam pulchrae sunt. Sīrēnēs nōn amant Proserpinam.

Sīrēnes nōlunt īre ad Montem Olympum. Mōns Olympus nōn iam est domus quia turpēs sunt. Nōlunt vidēre omnēs deōs et deās quia deī et deae spectābunt sīrēnēs. Sīrēnēs sunt īrātae. Sīrēnēs volunt habēre domum in quā possunt habitāre. Sīrēnēs vident īnsulam optimam! Sunt multa saxa in īnsulā.

Sīrēnēs īrātae sunt quia turpēs sunt. Sīrēnēs nōlunt **iuvāre**[123] Cererem, sed *interficere* eam. Sīrēnēs, autem, nōn possunt interficere Cererem quia Cerēs est immortālis dea frūmentī.

Sīrēnēs, autem, īrātae sunt! Sīrēnēs vōlunt interficere! Sīrēnēs nōn possunt interficere deam immortālem... sed Sīrēnēs possunt interficere virōs mortālēs! Mortālēs possunt **morī**![124] In saxīs, sīrēnēs possunt videre virōs in marī. Possunt interficere virōs, et vōlunt interficere eōs!

---

[123] To help
[124] To die

In saxīs in īnsulā ubi habitant, Sīrēnēs **canunt** et **canunt**.[125] Omnēs virī in marī quī audiunt Sīrēnēs **moriuntur**.[126] Sīrēnēs laetae sunt quia possunt interficere virōs!

"Ō moritūrī, nōs canimus melum; ītis ad mortem!"[127] Sīrēnēs canunt.

Et omnēs virī quī audiunt turpēs Sīrēnēs, **praeter**[128] Ulixēm, **moriuntur**[129] quia pulcherrimae nymphae erant amīcae pessimae.

---

[125] Sing
[126] Die

[127] O men about to die, we sing a song; you (plural) go to death. The verse is written in dactylic hexameter, which is a type of meter used in poetry, particularly epic poetry. It's scanned, | Ō mŏ-rĭ- | tū-rī, | nōs că-nĭ- |mūs mĕ-lŭm; | ītĭs ăd | mōr-tĕm |. There is a strong pause after melum, so it does not elide.

[128] Except for Odysseus
[129] Die

Virī quī audiunt sīrēnes moriuntur. Ulīxes, autem, audit sīrēnēs, sed nōn moritur (Thulden).

Index Verbōrum

A note on using this glossary:

Nouns and other parts of speech will be grouped together (e.g., all forms of soror will be grouped together) with the definition. Each verb will be listed separately. This allows a student to look up the forms and the meaning of both volō et vultis as well as to find all forms of the noun together.

Latin	English
Ā, ab	Away from; from; by
Ad	To; at
Aeger	Sick
Agere	To do
Agimus	We do
Agit	He, she, it does

Ridiculī et Horribilēs Deī et Deae

Latin	English
Agrō (agrī, agrum)	Field
Agunt	They do
Āh	Ah, a sound of understanding
AIEEĒ	AHHH, screaming
Ālās	Wings
Amābit	He will love
Amalthēa (Amalthēae, Amalthēā, Amalthēam)	Amalthea; *a goat who raises an infant Jupiter*
Amāns	Loving
Amant	They love
Amāre	To love
Amat	He, she, it loves
Amīcās (amīcae, amīcā, amīca)	Friends
Amō	I love
An	Or
Annōs	Years
Ānxia (ānxiae)	Anxious
Apollinis (Apollō)	Apollo; *the god of music*
Aqua	Water
Arcūs (arcibus, arcum)	Bow
Atlās	Atlas; *a titan who holds up the earth*
Audit	He, she, it hears
Audiunt	They hear
Autem	However; moreover
Avium	Of birds

Index Verbōrum

Latin	English
Avus	Grandfather
Bālat	She bleats
Beē	Baa; *the sound of a goat*
Bellī (bellō, bellum)	War
Bene	Well
Bibere	To drink
Bibit	He, she, it drinks
Bonum (bonam, bona, bonus)	Good
Cadit	It falls
Caelō (caelum, caelī)	Sky; heaven
Canimus	We sing
Canunt	They sing
Cape	Take
Capere	To take
Capiō	I take
Capit	He, she, it takes
Capite (caput, capita)	Head
Capiunt	They take
Capra (capram)	Goat
Capricornō	Capricorn; *a constellation*
Causā	*With quā dē causā*, for which reason
Celeriter	Quickly
Celerius	More quickly
Cēpit	He, she, it took

Ridiculī et Horribilēs Deī et Deae

Latin	English
Cerēs (Cererem, Cereris, Cererī, Cerere)	Ceres; *the goddess of grain*
Certē	Certainly; surely
Cibum (cibus)	Food
Clāmant	They shout
Clāmāre	To shout
Clāmās	You shout
Clāmat	He, she, it shouts
Cogitat	He, she, it thinks
Colōribus	Colors
Comedere	To eat
Comedit	He, she, it eats
Comēdit	He, she, it ate
Coniūnx (coniugem, coniugī, coniuge)	Spouse; wife; husband
Cōnsilium	Plan
Cornū (cornua)	Horn
Cornūcōpia (cornūcōpiam)	Cornucopia; *the horn of plenty*
Corpora	Bodies
Crētam (Crētā)	Crete; *an island in the Mediterranean*
Cum	With
Cūr	Why
Dā	Give
Dabō	I will give
Dant	They give
Dare	To give

75

Index Verbōrum

Latin	English
Dat	He, she, it gives
Datis	You (plural) give
Dē	About; *in quā dē causā*, for which reason
Deārum (dea, deae, deās, deam)	Goddess
Dēbeant	They should
Dēbeat	He, she, it should
Dēbēmus	We should
Dēbent	They should
Dēbeō	I should
Dēbēs	You should
Dēbet	He, she, it should
Dēbētis	You (plural) should
Dedistī	You gave
Dedit	He, she, it gave
Dēfendere	To defend
Dēlectant	They delight
Dēlectat	He, she, it delights
Dēmōnstrat	He shows
Deus (deōrum, deī, deīs, deōs, deum, deō)	God
Diānae (Diāna)	Diana; *the goddess of the hunt*
Dīcere	To say; to tell
Dīcit	He, she, it says; tells
Dīcitis	You (plural) say; tell
Dīcunt	They say; tell

76

Ridiculī et Horribilēs Deī et Deae

Latin	English
Diēs	Day
Dīvidere	To divide
Dīxērunt	They said
Dīxī	I said
Dīxistī	You said
Dīxit	He, she, it said
Domī (domus, domōs, domō, domum)	House; home
Dōna (dōnum)	Gift
Duōs (duae)	Two
Ē	Out of; from
Eam	Her
Ecce	Behold
Ēgistī	You did
Ego	I
Em	Um
Eō	I go
Eōs	Them
Erant	They were
Erat	He, she, it was
Eris	You will be
Erit	He, she, it will be
Erō	I will be
Es	You are
Esse	To be

Latin	English
Essem	I would be
Esset	He, she, it would be
Est	He, she, it is
Estis	You (plural) are
Et	And
Etiamsī	Even if
Eum	Him
Eunt	They go
Ēvomitā	Vomit
Ēvomitāns	Vomiting
Ēvomitāre	To vomit
Ēvomitat	He vomits
Ēvomitāvit	He vomited
Facere	To do; to make
Faciam	I will do; I will make
Facit	He, she, it makes
Factum	Done
Fēcī	I did; I made
Fēcistī	You did; you made
Fēminae (fēminās, fēmina, fēminam)	Woman
Fer	Bring
Ferte	Bring (plural)
Ferunt	They bring
Fīliās (fīlia, fīliam, fīliae, fīliā)	Daughter

Ridiculī et Horribilēs Deī et Deae

Latin	English
Fīlius (filī, filium, filiōs, filiī, filiōrum, filiīs)	Son
Flēbit	She will weep
Flent	They weep
Fleō	I weep
Flēre	To weep
Flet	He, she, it weeps
Flōrēs (flōrem, flōs, flōre, flōribus)	Flower
Focī	Of the hearth
Fortis	Strong; brave
Fortūna	Fortune; *often personified as a goddess*
Frangit	He breaks
Frātrēs (frāter)	Brother
Frūmentī (frūmenta)	Grain
Fufae	Yuck
Fugere	To flee
Fūgērunt	They fled
Fugit	He, she, it flees
Futūram esse	To be about to be
Habēbō	I will have
Habēmus	We have
Habent	They have
Habeō	I have
Habēre	To have
Habēs	You have

Latin	English
Habet	He, she, it has
Habitant	They live
Habitāre	To live
Habitat	He, she, it lives
Habitō	I live
Haec	This; these
Hahahae	Hahaha
Hanc	This
Hasta (hastam, hastā)	Spear
Hic	This
Hoc	This
Hodiē	Today
Ī	Go
Immortālis	Immortal
Īmus	We go
In	In; on; into; onto
Īnfantēs (īnfantem, īnfāns, īnfante, īnfantī)	Infant
Īnsulam (īnsulā)	Island
Intelligit	He understands
Interfēcērunt	They killed
Interfēcistī	You killed
Interfēcit	He, she, it killed
Interficere	To kill
Interficiam	I will kill

Ridiculī et Horribilēs Deī et Deae

Latin	English
Interficit	He, she, it kills
Invenīre	To find
Inventum	To find
Iovem (Iovī, Iovis)	Jupiter; *the king of people and gods; the god of the sky*
Īrātē	Angrily
Īrātissima (īrātissimī, īrātissimus)	Angriest
Īrātissimē	Very angrily
Īrātus (īrāta, īrātae)	Angry
Īre	To go
Īs	You go
It	He, she, it goes
Ītis	You (plural) go
Iūnō (Iūnōnem, Iūnōnis)	Juno; *the goddess of marriage*
Iuppiter	Jupiter; *the king of people and gods; the god of the sky*
Iuvābitis	You (plural) will help
Iuvāre	To help
Iuvērunt	They helped
Īvit	He, she, it went
Lac	Milk
Laetē	Happily
Laetī (laeta, laetus, laetae)	Happy
Laetissimus	Happiest
Lātōnae (Lātōna, Lātōnā)	Leto; *the mother of Apollo and Diana*

Index Verbōrum

Latin	English
Legit	He, she, it reads
Locum (locōs)	Place
Magicam (magica)	Magic
Male	Badly
Malum	Bad; evil
Manū (manūs)	Hand
Maris (mare, marī)	Sea
Mārs (Mārtem, Mārtī, Mārte, Mārtis)	Mars; *the god of war*
Māter (mātre, mātrem, mātrī)	Mother
Mātrimōniī	Of marriage
Mē	Me
Mēcum	With me
Melior (meliōrem, meliōrēs)	Better
Melum	Song
Mendācēs	Liars
Meus (meum, mī, meam, meae, meī, meō, meās, meōs, mea, meā)	My; mine
Mihi	To me; for me
Minister (ministrī, ministrum)	Attendant; servant
Mōnstra	Monsters
Monte Olympō (Montem Olympum)	Mount Olympus; *the place where the gods live*
Morī	To die
Moritūra (moritūrī)	About to die
Moriuntur	They die

82

Ridiculī et Horribilēs Deī et Deae

Latin	English
Mortālis (mortālī, mortālēs)	Mortal
Mortem	Death
Mortua (mortuus, mortuōs, mortuī, mortuae, mortuās, mortuum)	Dead
Multum (multus, multōs, multa, multās, multīs, multae, multī)	Many; much
Mundum	World
Mūsicae	Of music
Mūtat	He, she, it changes
-ne	Indicates a question is being asked
Necesse	Necessary
Neptūnus (Neptūnum, Neptūnō)	Neptune; *the god of the sea*
Nescīmus	We do not know
Nesciō	I do not know
Nescit	He, she, it does not know
Nesciunt	They do not know
Nihil	Nothing
Niobē (Niobēī, Niobēn, Niobēs)	Niobe; *a proud queen*
Nōbīscum	With us
Nōlī	Don't
Nōlīte	Don't (plural)
Nōlō	I do not want
Nōlunt	They do not want
Nōmine (nōmen)	Name
Nōn	Not

Index Verbōrum

Latin	English
Nōn iam	No longer
Nōn vult	He, she, it does not want
Nōnne	Asks a question that expects a yes answer
Nōs	We
Nymphīs (nympha, nymphae, nymphās, nympham, nymphārum)	Nymph
Ō	O; *used when addressing someone*
Ōlim	One day
Omnēs (omnia)	All; every
Optimus (optimum, optima, optimam)	Best
Pater (patrem, patrī)	Father
Pecūniam	Money
Pedēs	Feet
Per	Through
Pessimē	Worst
Pessimus (pessimum, pessima, pessimae)	Worst
Petala (petalīs)	Petal
Plūs	More
Plūtō (Plūtōnem, Plūtōne, Plūtōnī)	Pluto; *the god of the underworld*
Pōcula (pōculum)	Cup
Pōnit	He, she, it puts
Pōnunt	They put
Posse	To be able to

Ridiculī et Horribilēs Deī et Deae

Latin	English
Possum	I am able to; can
Possumus	We are able to; can
Possunt	They are able to; can
Potes	You are able to; can
Potest	He, she, it is able to; can
Potestis	You (plural) are able to; can
Pōtiōnem (pōtiō)	Potion; drink
Praeter	Except
Prīmam (prīmum, prīmus, prīma)	First
Proserpina (Proserpinam, Proserpinae, Proserpinā)	Prosperina; the daughter of Ceres
Pugnant	They fight
Pugnāre	To fight
Pugnat	He, she, it fights
Pulcher (pulchra)	Pretty; handsome
Pulcherrimam (pulcherrima, pulcherrimās, pulcherrimī, pulcherrimae)	Very pretty; very handsome
Pulsāre	To hit
Pulsat	He, she, it hits
Pulsāvit	He, she, it hit
Putat	He, she, it thinks
Putō	I think
Quā	Which; who; *in quā dē causā*, for which reason
Quā dē causā	For which reason
Quae	Who; which

Index Verbōrum

Latin	English
Quam	How; than
Quandō	When
Quārtum (quārtam)	Fourth
Quattuordecim	Fourteen
Quem	Which
Quī	Who; which
Quia	Because
Quibus	Who; which
Quid	What
Quīntum (quīntam)	Fifth
Quis	Who
Quō	Whom; which
Quō	To where
Quod	Which
Quōmodo	How
Quoque	Also
Quōs	Whom; which
Rēgīna (rēgīnae)	Queen
Rēgna (rēgnum)	Kingdom
Respondent	They respond
Respondēre	To respond
Respondet	He, she, it responds
Rēx (rēgem, rēgēs)	King
Rhēae (Rhēa, Rhēā, Rhēam)	Rhea; *a Titan and the mother of Jupiter*

Ridiculī et Horribilēs Deī et Deae

Latin	English
Rīdent	They smile; they laugh
Rīdēre	To smile; to laugh
Rīdet	He, she, it smiles; laughs
Rogā	Ask
Rogant	They ask
Rogat	He, she, it asks
Rubet	He, she, it blushes
Saeva (saevus, saevī)	Fierce; cruel
Saevior	More fierce; more cruel
Saevissima	Most fierce; most cruel
Sagittās (sagittīs, sagittā, sagittam)	Arrow
Salvē	Hello
Sāturnus (Sāturnī, Sāturnō, Sāturnum, Sāturne)	Saturn; *a titan and the father of Jupiter*
Saxum (saxō, saxa, saxīs)	Rock
Scīmus	We know
Sciō	I know
Scīre	To know
Scīs	You know
Scit	He, she, it knows
Scītis	You (plural) know
Sciunt	They know
Scrībit	He, she, it writes
Sē	Himself, herself, itself, themselves

Latin	English
Secunda (secundum, secundus, secundam)	Second
Sed	But
Semper	Always
Septem	Seven
Septimum (septima, septimam)	Seventh
Sex	Six
Sextum (sextam)	Sixth
Sī	If
Silvam (silva, silvā)	Forest
Sine	Without
Sīrēnēs	Sirens; *mythological creatures who lure men to their deaths*
Sit	Is; may be
Sōlus (sōla, sōlum)	Alone; only
Sorōrēs (soror)	Sister
Sorte (sortēs, sors)	Lot
Spectābunt	They will look at
Spectant	They look at; watch
Spectāre	To look at; watch
Spectat	He, she, it looks at; watches
Stō	I stand; I agree
Stomachō	Stomach
Stultissima	Most foolish; most stupid
Stultus (stultō, stulta)	Foolish; stupid
Sub	Under

Ridiculī et Horribilēs Deī et Deae

Latin	English
Subitō	Suddenly
Sum	I am
Sumus	We are
Sunt	They are
Superba (superbae)	Proud
Superbissima	Proudest
Tantalī	Tantalus; *punished eternally by the gods with thirst and hunger*
Tartarī (Tartarō, Tartarum, Tartarus)	Tartarus; *the underworld*
Tē	You
Tēcum	With you
Templum (templō)	Temple
Tendit	He, she draws
Terram (terrā, terra, terrās)	Earth
Tertia (tertium, tertiam)	Third
Tibi	To you; for you
Timent	They fear
Timet	He, she, it fears
Trēs (tria)	Three
Trīste	Sadly
Trīstis (trīstēs)	Sad
Tū	You
Turpis (turpēs, turpia)	Ugly
Tuus (tuum, tuās, tuōs, tua, tuam, tuā)	Your

Latin	English
Ubi	Where
Ulixēm	Ulysses; *more commonly,* Odysseus
Ultimum	Finally
Ūnā	Together
Ūnum (ūnīus)	One day
Vae	Woe
Vah	Ugh
Vēnātiōnis	Of the hunt
Venī	Come
Venīte	Come (plural)
Venus	Venus; *the goddess of love*
Vesta (Vestam)	Vesta; *the goddess of the hearth and home*
Vīcimus	We conquered
Vident	They see
Vidēre	To see
Vīdērunt	They saw
Videt	He, she, it sees
Vīdī	I saw
Vīdimus	We saw
Vīdistī	You saw
Vīdistis	You (plural) saw
Vincam	I will conquer
Vincēmus	We will conquer
Vincere	To conquere

Ridiculī et Horribilēs Deī et Deae

Latin	English
Vincī	To be conquered
Vīnum	Wine
Virōs (virī)	Man
Vīs	You want
Vōbīscum	With you (plural)
Volant	They fly
Volāre	To fly
Volō	I want
Volumus	We want
Volunt	They want
Vōs	You (plural)
Vulcānī	Vulcan; *the god of the forge*

Dictionary

A note on using this dictionary:

Unlike the glossary, the dictionary provides the full dictionary entry for the word. In addition to providing the dictionary entry and definition, the frequency in which the word generally appears in Latin literature is provided. The Dickinson Core Vocabulary and *Essential Latin Vocabulary* were used in creating the frequency rating.

When a number appears, the Dickinson Core Vocabulary, which is a list of 1000 words, was used. The abbreviation ELV indicates when a word did not appear in the Dickinson list but appears on the list in *Essential Latin Vocabulary*. *Essential Latin Vocabulary*'s list is 1,425 words, so presumably the word appears in approximately the last 425 words. A blank indicates that the word infrequently occurs in Latin literature.

Words in **bold** are glossed vocabulary words. I consider the words in *italics* to be clear cognates.

Ridiculī et Horribilēs Deī et Deae

Latin	English	DCC / ELV
Ā, ab	Away from, from; by	21
Ad	To, towards; at	14
Aeger, aegra, aegrum	Sick	810
Ager, agrī, m.	Field	324
Agō, agere, ēgī, āctus	Do	69
Āla, ālae, f.	Wing	
Amalthēa, Amalthēae, f.	Amalthea; *a goat who raises Jupiter*	
Amīca, amīcae, f.	Friend (female)	198
Amō, amāre, amāvī, amātus	Love	219
An	Or	94
Annus, annī, m.	Year	167
Ānxius, ānxia, ānxium	Anxious	ELV
Apollō, Apollinis, m.	Apollo; *the god of music*	
Aqua, aquae, f.	Water	272
Arcus, arcūs, m.	Bow	ELV
Atlās, Atlantis, m.	Atlas; *a titan who holds up the world and grandfather to Niobe*	
Audiō, audīre, audīvī, audītus	Hear; listen to	165
Autem	Moreover; however	123
Avis, avis, f.	Bird	855
Avus, avī, m.	Grandfather	
Bālō, bālāre, bālāvī, bālātus	Bleat	
Beē	The sound a goat makes	

93

Latin	English	DCC / ELV
Bellum, bellī, n.	War	86
Bibō, bibere, bibī, bibitus	Drink	ELV
Bonus, bona, bonum	Good	68
Cadō, cadere, cecidī, cāsus	Fall	210
Caelum, caelī, n.	Sky; heaven	117
Canō, canere, cecinī, cāntus	Sing	389
Capiō, capere, cēpī, captus	Take; seize	131
Capra, caprae, f.	Goat (female)	
Capricornus, capricornī, m.	Capricorn; *a constellation in the sky*	
Caput, capitis, n.	Head	124
Causa, causae, f.	*With quā dē causā*, for which reason	107
Celeriter	Quickly	967
Cerēs, Cereris, f.	Ceres; *the goddess of grain and agriculture*	
Certē	Certainly; surely	601
Cibus, cibī, m.	Food	863
Clāmō, clāmāre, clāmāvī, clāmātus	Shout	ELV
Cogitō, cogitāre, cogitāvī, cogitātus	Think	515
Color, colōris, m.	Color	725
Comedō, comedere, comēdī, comēsus	Eat	
Coniūnx, coniugis, m/f	Spouse; wife; husband	218
Cōnsilium, cōnsiliī, n.	Plan	217

Ridiculī et Horribilēs Deī et Deae

Latin	English	DCC / ELV
Cornū, cornūs, n.	Horn	591
Cornūcōpia, cornūcōpiae, f.	Cornucopia; *the horn of plenty*	
Corpus, corporis, n.	Body	75
Crēta, Crētae, f.	Crete; *an island in the Mediterranean*	
Cum	With	10
Cūr	Why	404
Dē	About; from; *with quā dē causā*, for which reason	46
Dea, deae, f.	Goddess	42
Dēbeō, dēbēre, dēbuī	Should	155
Dēfendō, dēfendere, dēfendī, dēfensus	Defend	653
Dēlectō, dēlectāre, dēlectāvī, dēlectātus	Delight; like	
Dēmōnstrō, dēmōnstrāre, dēmōnstrāvī, dēmōnstrātus	Demonstrate; show	
Deus, deī, m.	God	42
Diāna, Diānae, f.	Diana; *the goddess of the hunt*	
Dīcō, dīcere, dīxī, dictus	Say, tell	33
Diēs, diēī, m.	Day	54
Dīvidō, dīvidere, dīvidī, dīvīsus	Divide	628
Dō, dare, dedī, datus	Give	28
Domus, domī, f.	House; home	73
Dōnum, dōnī, n.	Gift	476
Duō, duae, duō	Two	221

Latin	English	DCC / ELV
Ē, ex	Out of; from	26
Ecce	Behold!	643
Ego, meī, mihi, mē, mē	I, me	11
Eō, īre, īvī, ītus	Go	97
Et	And	1
Etiamsī	Even if; although	ELV
Ēvomitō, ēvomitāre, ēvomitāvī, ēvomitātus	Vomit	
Faciō, facere, fēcī, factus	Do, make	32
Fēmina, fēminae, f.	Woman	501
Ferō, ferre, tulī, lātus	Carry; bear	45
Fīlia, fīliae, f.	Daughter	909
Fīlius, filiī, m.	Son	909
Fleō, flēre, flēvī, flētus	Weep	457
Flōs, flōris, m.	Flower	818
Focum, focī, n.	Hearth	
Fortis, forte	Strong; brave	286
Fortūna, Fortūnae, f.	Fortune; *often personified as a goddess*	138
Frangō, frangere, frēgī, frāctus	Break	345
Frāter, frātris, m.	Brother	225
Frūmentum, frūmentī, n.	Grain	936
Fufae	Yuck	
Fugiō, fugere, fūgi, fugitus	Flee; escape	177
Habeō, habēre, habuī, habitus	Have	39

Ridiculī et Horribilēs Deī et Deae

Latin	English	DCC / ELV
Habitō, habitāre, habitāvī, habitātus	Live	ELV
Hasta, hastae, f.	Spear	
Hic, haec, hoc	This; these	7
Hodiē	Today	981
Iam	Now; already; *with nōn*, no longer	34
Immortālis, immortāle	Immortal	ELV
In	In; on	5
Īnfāns, īnfantis, m/f	Infant; baby	
Īnsula, īnsulae, f.	Island	908
Intelligō, intelligere	Understand	512
Interficiō, interficere, interfēcī, interfēctus	Kill	699
Inveniō, invenīre, invēnī, inventus	Find	316
Īrātus, īrāta, īrātum	Angry	809
Is, ea, id	He, she, it	13
Iūnō, Iūnōnis, f.	Juno; *the goddess of marriage*	
Iuppiter, Iovis, m.	Jupiter; *the king of men and gods; the god of the sky*	
Iuvō, iuvāre, iuvī, iutus	Help	390
Lac, lactis, n.	Milk	
Laetus, laeta, laetum	Happy	262
Lātōna, Lātōnae, f.	Leto; *the mater of Apollo and Diana*	
Legō, legere, lēgī, lectus	Read	419
Locus, locī, m.	Place	62

97

Dictionary

Latin	English	DCC / ELV
Magicus, magica, magicum	Magical	
Malus, mala, malum	Bad; evil	227
Manus, manūs, f.	Hand	48
Mare, maris, n.	Sea	125
Mārs, Mārtis, m.	Mars; *the god of war*	
Māter, mātris, f.	Mother	127
Mātrimōnium, mātrimōniī, n.	Marriage	
Melum, melī, n.	Song	
Mendāx, mendācis	Liar	
Meus, mea, meum	My	41
Minister, ministrī, m.	Attedant; servant	ELV
Mōns Olympus, Montis Olympī, m.	Mount Olympus; *the place where the gods live*	
Mōnstrum, mōnstrī, n.	Monster	
Morior, morī, mortuus sum; mortuus, mortua, mortuum	Die	253
Mors, mortis, f.	Death	95
Mortālis, mortāle	Mortal	950
Multus, multa, multum	Many; much	43
Mundus, mundī, m.	World	350
Mūsica, mūsicae, f.	Music	
Mūtō, mūtāre, mūtāvī, mūtātus	Change	315
-ne	Indicates a question is asked	238
Necesse	Necessary	773

Ridiculī et Horribilēs Deī et Deae

Latin	English	DCC / ELV
Neptūnus, Neptūnī, m.	Neptune; *the god of the sea*	
Nesciō, nescīre, nescīvī, nescītus	To not know	525
Nihil	Nothing	55
Niobē, Niobēs, f.	Niobe; *a proud queen*	
Nōlō, nolle, noluī	Not want	458
Nōmen, nōminis, n.	Name	135
Nōn	Not; *with iam*, no longer	6
Nōnne	Asks a question that expects a yes answer	ELV
Nōs	We; us	51
Nympha, nymphae, f.	Nymph	ELV
Ōlim	One day	574
Omnis, omne	All, every	18
Pater, patris, m.	Father	71
Pecūnia, pecūniae, f.	Money	530
Per	Through	30
Pes, pedis, m.	Foot	199
Petalum, petalī, n.	Petal	
Plūtō, Plūtōnis, m.	Pluto; *the god of the underworld*	
Pōculum, pōculī, n.	Cup	ELV
Pōnō, pōnere, posuī, positus	Put	102
Possum, posse, potuī	Be able to; can	23
Pōtiō, pōtiōnis, f.	Potion; drink	
Praeter	Except	756

Latin	English	DCC / ELV
Prīmus, prīma, prīmum	First	91
Proserpina, Proserpinae, f.	Proserpina; *the daughter of Ceres*	
Pugnō, pugnāre, pugnāvī, pugnātus	Fight	708
Pulcher, pulchra, pulchrum	Beautiful; handsome	569
Pulsō, pulsāre, pulsāvī, pulsātus	Hit	
Putō, putāre, putāvī, putātus	Think	166
Quam	How; than	29
Quandō	When	621
Quārtus, quārta, quārtum	Fourth	
Quattuordecim	Fourteen	
Quī, quae, quod	Who, which, that	3
Quia	Because	132
Quīntus, quīnta, quīntum	Fifth	
Quis, quid	Who; what	212
Quō	To where	ELV
Quōmodo	How	831
Quoque	Also; too	76
Rēgīna, rēgīnae, f.	Queen	ELV
Rēgnum, rēgnī, n.	Kingdom	121
Respondeō, respondēre, respondī, respōnsus	Respond	535
Rēx, rēgis, m.	King	60
Rhēa, Rhēae, f.	Rhea; *a titan and the mother of Jupiter*	

Ridiculī et Horribilēs Deī et Deae

Latin	English	DCC / ELV
Rīdeō, rīdēre, rīsī, rīsus	Laugh; smile	874
Rogō, rogāre, rogāvī, rogātus	Ask	551
Rubeō, rubēre, rubuī	Blush	ELV
Saevus, saeva, saevum	Fierce; raging; wrathful	244
Sagitta, sagittae, f.	Arrow	
Salvē	Hello	
Sāturnus, Sāturnī, m.	Saturn; *a titan and the father of Jupiter*	
Saxum, saxī, n.	Rock	306
Sciō, scīre, scīvī, scītus	Know	172
Scrībō, scrībere, scrīpsī, scrīptus	Write	568
Sē	Himself; herself; itself; themselves	17
Secundus, secunda, secundum	Second	836
Semper	Always	149
Septem	Seven	
Septimus, septima, septimum	Seventh	
Sex	Six	
Sextus, sexta, sextum	Sixth	
Sī	If	16
Silva, silvae, f.	Forest	234
Sine	Without	104
Sīrēnēs, Sīrēnum, f.pl.	Sirenes; *mythological creatures whose songs lure sailors to their deaths*	

Dictionary

Latin	English	DCC / ELV
Sōlus, sōla, sōlum	Alone; only	176
Soror, sorōris, f.	Sister	497
Sors, sortis, f.	Lot; oracle	639
Spectō, spectāre, spectāvī, spectātus	Look at	473
Stō, stare, stetī, status	Stand; *also*, agree with someone	168
Stomachus, stomachī, m.	Stomach	
Stultus, stulta, stultum	Foolish; stupid	ELV
Sub	Under	118
Subitō	Suddenly	848
Sum, esse, fuī, futūrus	Be	2
Superbus, superba, superbum	Proud	656
Tantalus, Tantalī, m.	Tantalus; *a king whose punishment is to always hunger and thist and never sate it*	
Tartarus, Tartarī, m.	Tartarus; *the underworld*	
Templum, templī, n.	Temple	485
Tendō, tendere, tetendī, tentus	Draw (a bow)	529
Terra, terrae, f.	Land	70
Tertius, tertia, tertium	Third	682
Timeō, timēre, timuī	Fear	153
Trēs, tria	Three	533
Trīstis, trīste	Sad	275
Tū	You	9

Ridiculī et Horribilēs Deī et Deae

Latin	English	DCC / ELV
Turpis, turpe	Ugly	377
Tuus, tua, tuum	Your	44
Ubi	Where	92
Ulixēs, Ulixis, m.	Ulysses; *more commonly, Odysseus*	
Ultimum	Last; ultimately	432
Ūnā	Together	
Ūnus, ūna, ūnum	One	53
Vēnātiō, vēnātiōnis, f.	Hunt	
Veniō, venīre, vēnī, ventus	Come	63
Venus, Veneris, f.	Venus; *the goddess of love*	
Vesta, Vestae, f.	Vesta; *the goddess of the hearth*	
Videō, vidēre, vīdī, vīsus	See	31
Vincō, vincere, vīcī, victus	Conquer	101
Vīnum, vīnī, n.	Wine	640
Vir, virī, m.	Man	85
Vōlō, velle, voluī	Wish; want	66
Volō, volāre, volāvi, volātus	Fly	ELV
Vōs	You (plural)	130
Vulcānus, Vulcānī, m.	Vulan; *the god of the forge*	

Bibliography

13smok. *Untitled.* 26 July 2017. *Pixabay,* pixabay.com/vectors/capricorn-zodiac-sign-zodiac-moon-2542608.

AnimadDesign. *Ancient Greek Gods Clipart.* n.d. *Etsy,* www.etsy.com/listing/787407624/ancient-greek-gods-clipart-instant.

Bloemaert, Cornelis. *Ceres.* 1636. *Rijksmuseum,* www.rijksmuseum.nl/nl/collectie/RP-P-BI-1347.

Bloteling, Abraham. *Mars.* 1682. *Rijksmuseum,* www.rijksmuseum.nl/nl/collectie/RP-P-BI-1841.

Bonasone, Giulo. *Jupiter Suckled by the Goat Amalthea.* 1531-1576. *The Metropolitan Museum of Art,* www.metmuseum.org/art/collection/search/372895.

Ridiculī et Horribilēs Deī et Deae

Bouchardon, Edme. *Rhea Outwitting Saturn.* 18th Century. *The Metropolitan Museum of Art,* www.metmuseum.org/art/collection/search/359646.

Clker-Free-Vector-Images. *Untitled.* 12 April 2012. *Pixabay,* pixabay.com/vectors/goat-eating-animal-mammal-meadow-30806.

---. *Untitled.* 13 April 2012. *Pixabay,* pixabay.com/vectors/cornucopia-fall-decoration-32651.

---. *Untitled.* 7 May 2012. *Pixabay,* pixabay.com/vectors/goat-mountain-standing-horns-wild-47786.

Bella, Stefano della. *Juno.* 1620-1664. *Rijksmuseum,* www.rijksmuseum.nl/nl/collectie/RP-P-OB-34.720.

---. *Saturn, from 'Game of Mythology.'* 1644. *The Metropolitan Museum of Art,* www.metmuseum.org/art/collection/search/412355.

Galestruzzi, Giovanni Battista. *Image of Adored Niobe.* 1656. *Rijksmuseum,* www.rijksmuseum.nl/nl/collectie/RP-P-OB-36.195.

---. *Niobe with Apollo and Diana.* 1656. *Rijksmuseum,* www.rijksmuseum.nl/nl/collectie/RP-P-OB-36.197.

---. *Suppliers Bring Gifts to Niobe.* 1656. *Rijksmuseum,* www.rijksmuseum.nl/nl/collectie/RP-P-OB-36.199.

Goltzius, Hendrick. *Jupiter.* 1592. *Rijksmuseum.* www.rijksmuseum.nl/nl/collectie/RP-P-OB-10.354.

Bibliography

Keyser, Hendrik de. *Neptune on a Chariot*. 1656-1701. *Rijksmuseum*, www.rijksmuseum.nl/nl/collectie/RP-P-1885-A-9151.

Lairesse, Gerard de. *Ceres Looking for Proserpina*. 1670-1675. *Rijksmuseum*, www.rijksmuseum.nl/nl/collectie/RP-P-1994-76.

Lamsvelt, Jan. *Apollo and Diana Punish Niobe for Her Pride*. 1684-1743. *Rijksmuseum*, www.rijksmuseum.nl/nl/collectie/RP-P-OB-46.641.

Luyken, Jan. *Woman Picks Flowers in the Field*. 1704. *Rijksmuseum*, www.rijksmuseum.nl/nl/collectie/RP-P-OB-45.223.

Matham, Jacob. *Saturn (from the Planets)*. 1597. *The Metropolitan Museum of Art*, www.metmuseum.org/art/collection/search/398832.

Mellan, Claude. *Statue of Hestia*. 1636-1647. *Rijksmuseum*, www.rijksmuseum.nl/nl/collectie/RP-P-2015-3-16.

Meyering, Albert. *Landscape with Women Picking Flowers*. 1695-1714. *Rijksmuseum*, www.rijksmuseum.nl/nl/collectie/RP-P-OB-23.529.

Morellon La Cave, François. *Apollo and Diana Kill Niobe's Children*. 1706-1768. *Rijksmuseum*, www.rijksmuseum.nl/nl/collectie/RP-P-BI-5678.

Ridiculī et Horribilēs Deī et Deae

Nijmegen, Elias van. *Niobe Punished for Her Hubris.* 1677-1755. *Rijksmuseum,* www.rijksmuseum.nl/nl/collectie/RP-T-1968-270.

Passe, Crispijn van. *Ceres.* 1612. *Rijksmuseum,* www.rijksmuseum.nl/nl/collectie/RP-P-OB-16.012.

OpenClipart-Vectors. *Untitled.* 31 March 2016. *Pixabay,* pixabay.com/vectors/chalice-cup-drink-goblet-1297234.

---. *Untitled.* 31 Jan. 2017. *Pixabay,* pixabay.com/vectors/archery-arrow-bow-quiver-weapon-2028031/.

Pencz, Georg. *Jupiter.* 1528. *Rijksmuseum,* www.rijksmuseum.nl/nl/collectie/RP-P-H-1051.

Picart, Bernard. *Pluto and Cerberus.* 1727. *Rijksmuseum,* www.rijksmuseum.nl/nl/collectie/RP-P-OB-57.075.

Rauschenberger, Rene. *Untitled.* 24 October 2019. *Pixabay,* pixabay.com/photos/temple-greek-sicily-agrigento-4570359.

Sadeler, Johann. *The Planet Mars and its Influence on the World.* 1585. *Rijksmuseum,* www.rijksmuseum.nl/nl/collectie/RP-P-OB-7468.

Sanuto, Giulio. *Tantalus.* 1565. *Rijksmuseum,* www.rijksmuseum.nl/nl/collectie/RP-P-1999-113.

Seireniske Painter. *Miniature Terracotta Squat Lekythos (Oil Flask) with Siren.* Mid-5th Century BCE. *The Metropolitan Museum of Art,* www.metmuseum.org/art/collection/search/254295.

Bibliography

Tempesta, Antonio. *Apollo and Diana Kill Niobe's Children.* 1606. *Rijksmuseum,* www.rijksmuseum.nl/nl/collectie/RP-P-OB-37.829.

Thulden, Theodoor van. *Odysseus and the Sirens.* 1632-1633. *Rijksmuseum,* www.rijksmuseum.nl/nl/collectie/RP-P-OB-66.757.

.

Made in the USA
Las Vegas, NV
24 May 2024

90335980R00074